Ernst Woll

Gedanken eines alten Mannes

Gedichte und Geschichten

2015
Herstellung und Verlag:
Books on Demand GmbH, Norderstedt,
ISBN 9783738645385

**Mit Freude an die Vergangenheit denken
kann dir einen glücklichen Lebensabend schenken,
dazu das Heranwachsen der Enkel und Urenkel
erleben
wird dir Zufriedenheit im Alter geben.**

Geld und Gesundheit

Als Junger rennst du mit der Gesundheit
dem Reichtum und Geld hinterher;
Geld zur Erhaltung der Gesundheit
brauchst du dann im Alter umso mehr.

Zusammenarbeit

Schnelles Denken der Jungen dazu der Alten
Erfahrung
braucht die künftige Forschung in sinnvoller Paarung.

Altersweisheit

Wer in der Jugend und im Leben wenig gelernt
ist dann im Alter von der Weisheit entfernt.
Wer aber Zeit seines Lebens wissbegierig war
der wird im Alter seines Wissens oft selbst gar nicht
gewahr.

Inhalt

Alte und Junge

Es lässt mich nicht ganz kalt
das Verhältnis zwischen Jung und Alt.
Als ich junger Mann noch war
wurde ich es häufig nicht gewahr,
dass ich mit meinem Verhalten
kein Verständnis zeigte für die Alten;
wenn ich über Langsamkeit schimpfte,
zu vielem Tun die Nase rümpfte,
ihren Erzählungen kaum noch zuhörte
und mich ihre Besorgtheit oft störte.
Erfahrungen, allein dieses Wort,
jagte mich aus ihrer Nähe fort.
Kurzum, Bestimmer wollte ich sein,
schränkte ihre Selbständigkeit oft ein.
Nun bin ich in die Jahre gekommen,
muss mit solchen Jungen auskommen,
die, wie ich einst, sich nun betragen
und mir ganz unumwunden sagen:
„Du bist alt, wir sind nicht mehr Kind
weil wir nun selbstbestimmend sind.
Es bleibt Vergangenheit, Vergangenheit
von der du sprichst, als schöne Zeit.

Wir aber leben und arbeiten heute und jetzt
werden vom schnellen Fortschritt gehetzt,
da musst du versuchen zu verstehen,
dass wir das Alter heute anders sehen;
wie bei eurem gesicherten Rentnerdasein
wird es bei uns wohl nicht mehr sein!"

So zeigt sich die gesellschaftliche Seite,
deshalb gibt es heute traurige alte Leute.
Persönlicher Umgang blieb bis heute fast gleich;
aber wer sich mit seinen Kindern versteht ist reich.

Erinnerungen an die Schulzeit

„Wie war das damals?" Seit vielen Jahrzehnten dürfen und müssen in Deutschland alle Kinder eine Schule besuchen. Für viele eine Freude, für einige unliebsame Erinnerungen; aber alle berichten gern von ihren Schulstreichen.
In meiner Verwandtschaft und in meinem Bekanntenkreis gibt es viele Lehrerinnen und Lehrer. Folglich wird bei Zusammentreffen häufig auch über das Thema Schulbesuch aus deren Sicht gesprochen. Manchmal entsteht aber dabei der Eindruck, dass einige dieser Pädagogen nie selbst Schüler waren. Ohne „schulmeistern" zu wollen denke ich aber, wer das vergisst, der kann kein guter Erzieher sein. So erinnere ich mich an eine Gesprächsrunde in der es darum ging: „Was sollten Pädagogen bei Disziplinlosigkeiten der Schüler tun?" Mit unnachgiebiger Strenge durchgreifen oder Einsichten für ordentliches Verhalten einfordern und dabei vielleicht ungewöhnliche Maßnahmen anwenden? Die Meinungen prallten aufeinander und die studierten Lehrer versuchten wirksame Methoden wissenschaftlich zu begründen. Als ich daran erinnerte, jeder sollte an die eigene Schulzeit denken, wussten alle über eigene Unartigkeiten in der Schule zu berichten und wurden hinsichtlich Strafen nachdenklich. Im Weiteren erzählte ich eine Episode aus meiner Oberschulzeit (heute Gymnasium) in den

1940er Jahren und lieferte Stoff für viele Kontroversen.

Am verständnisvollsten war unser Physiklehrer, den wir „Papa" nannten. Er hätte durchaus in den Film „Die Feuerzangenbowle" gepasst. Angeblich konnte er sich als Mittsechziger keine Namen und Gesichter von Schülern mehr merken. Zu Beginn der Unterrichtsstunde zählte er die Anwesenden, verglich mit der Sollstärke und wir sagten ihm die Namen der Fehlenden. Ohne zu prüfen trug er diese ins Klassenbuch ein. Als wir dann in die 11. Klasse kamen, zwangen wir oft Schüler niedrigerer Klassen unsere Plätze im Physikunterricht einzunehmen, wenn wir etwas vorhatten, z.B. schnell „eine rauchen" oder eine Besorgung machen. Bei Leistungskontrollen versuchte der sehr gutmütige Lehrer durch einfache Fragen von den meist ahnungslosen Ersatzleuten doch noch eine Antwort zu bekommen. Für ihn war nur der in seinem Buch vermerkte Name ausschlaggebend. Er tat nur erstaunt, dass bei einer der nächsten Kontrollen der ehemals unwissende Schüler mit diesem Namen plötzlich alles wusste. Ich glaube, der Lehrer durchschaute die Tricks und die Betrügereien, durch seine gespielte Ahnungslosigkeit wollte er sich Ärger ersparen. Trotzdem waren wir während seines Unterrichts diszipliniert und zollten ihm Respekt. Oft schämten wir uns sogar, weil wir uns diesem gutmütigen Menschen gegenüber so unartig verhielten.

Vor der Abiturprüfung war „Papa" für uns eine unschätzbare Hilfe. Damals wurden von den Fachlehrern vier Themen für die Abschlussarbeiten als Vorschlag an das Thüringer Schulministerium eingereicht. Zwei davon wurden ausgewählt. Sie kamen in einem versiegelten Umschlag zurück, der vor der Prüfung unter Anwesenheit des Direktors feierlich geöffnet wurde. Nach Verkündung dieser bestätigten Aufgaben begann der strenge Prüfungsablauf. Nach einer Unterrichtsstunde in Physik zur Vorbereitung auf das Abitur ließ „Papa" viele Unterlagen auf dem Lehrerpult liegen und verließ den Raum. Wir stürmten sofort an das Katheder und stellten fest, das waren die 4 eingereichten Prüfungsaufgaben in Physik, die natürlich sofort abgeschrieben wurden. Als er nach geraumer Zeit zurück kam und seine vergessenen Papiere holte, sagte er so nebenbei: „Wer sich nicht richtig auf das Abitur vorbereiten kann ist selber schuld". Tatsächlich waren dann zwei der von uns abgeschriebenen Prüfungsaufgaben die bestätigten Themen. Der Lehrer hat auf alle Fälle erreicht, dass wir uns sehr tiefgründig auf vier wichtige Physikthemen vorbereiteten und dabei unser Wissen vertieften.

Glück zum Maskenball gefunden

Man früher zum Fasching
gern zum Maskenballe ging,
man verdeckte sein Gesicht,
denn alle Leute sollten nicht
erkennen, wer die Larve trug
und mit Klatschen um sich schlug.

Er, sie schauen sich eindringlich an,
ist es eine Frau oder ist es ein Mann?
Es ist halt Fasenacht
wo man gar manches macht
um Schabernack zu treiben,
und um nicht allein zu bleiben.

Vor über 60 Jahren es geschah,
dass ich eine hübsche Maskierte sah.
Als Mann merkte ich sehr genau
es ist bestimmt eine junge Frau.
Ich tanzte dann sehr viel mit ihr
und beim Demaskieren gefiel sie mir.

Wir entdeckten viele Berührungspunkte.
Obwohl es zu einem Maskenball funkte
heirateten wir bald und sind bis heut
über dieses Kennenlernen sehr erfreut.
Unsere Diamantene Hochzeit markiert,
dass oft Maskerate zum Glück auch führt.

Streit und Nachgiebigkeit

Wenn alte Eheleute streiten geht es meist um Nichtig-
keiten.
Bei Streit zwischen jungen Leuten
dagegen heftig die Alarmglocken läuten.

Beide Geschlechter bilden sich ein,
dass sie zuerst nachgiebig seien;
jedoch die Wissenschaftler sagen:
„Hierzu gibt es noch ungeklärte Fragen."

Mal ist es die Frau, mal auch der Mann,
der manchmal großzügig sagen kann:
„Du hast Recht, ich gesteh es dir zu
und ich hab zumindest meine Ruh."

Doch denk ich an eine Geschichte,
die zeigt in deutlichem Lichte,
wenn Eheleute sich nicht vertragen,
kann Bedacht in Zorn umschlagen.

Mann sagte "Messer", Frau aber „Schere",
als ob das von Bedeutung wäre,
aber bei diesem großen Ehestreit
war keiner zum Nachgeben bereit.

Am Teiche beim Spazierengehen
musste das Unglück dann geschehen;
dem Mann versagten plötzlich die Nerven,
er entschloss sich, sie ins Wasser zu werfen.

Beim Untergehen hört man sie schreien:
„Ich kann dir im Tode nicht verzeihen,
ich weiß es immer wieder besser,
es war eine Schere und kein Messer!"

Das Wohlfühlgewicht

Alle Menschen haben einen Bauch,
einige sogar einen dicken, runden,
woher, das weiß man wohl auch,
sie sind des Konditors gute Kunden,
doch man muss es auch erwähnen
unschuldig werden manche dick,
bei ihnen liegt es an den Genen
als unumgängliches Missgeschick.

Warum sagt man: „Schön schlank"
aber kaum „wunderbar beleibt"
dick verbindet man gern mit krank,
für gesund dann nur hager bleibt?
Gilt das auch für die dicken Alten,
die allzeit wenig krank nur waren?
Die immer als lebensfroh galten
und missachteten die „Essensgefahren".

Alt, dick und noch sehr beweglich
sind keine Ausnahmen mehr,
solange die Pfunde erträglich
geht es mit Wohlfühlen einher.
Kontrolliert wird mit Waagen,
besser wäre, es kritisch zu sehen,
wenn wir zuviel Fett in uns tragen
wollen wir es uns kaum eingestehen.

Eine 60jährige hatte ein „Abnehmziel"
Sie ging in eine Fleischerei.
Wollte genau wissen wie viel
eine bestimmte Fettmenge sei.
Verlangte 5 kg Schweinespeck
Schaute sich es an und meint:
„Bringt die Masse wieder weg,
die mir an mir undenkbar erscheint."

Und die Moral von dem Gedicht:
Wichtig bleibt das „Wohlfühlgewicht".

Hier gibt es keinen Unterschied von Jungen und Alten.

Falsches Programm

Sie war schon über 80 Jahre alt
und für solch Alte gilt es heute halt
Neumodisches nicht mehr anzuschaffen,
weil sie das Programmieren nicht mehr schaffen.

Immer schon wog sie sich jeden Morgen.
Die elektronische Waage, die sie erworben,
versprach im Programm, das raffiniert,
wie man Abnehmen besser kontrolliert.

Jetzt nahm sie täglich genau 100 g ab,
ihr Gewicht fiel auf 70 kg herab.
Ihr um 10 kg gesunkenes Gewicht
sah sie aber an ihrem Körper nicht.

Bei diesem Stand hörte es dann auf,
es kam nichts mehr runter oder drauf.
Wie sollte sie mit diesem Phänomen
künftig nun weiter umgehen?

Als sie ihre alte Waage wieder benutzte,
sie sofort nicht schlecht stutzte:
Ihr bisheriges Gewicht, wie sie sah,
war unverfälscht genau wie vorher da.

Sie hatte ein Programm gestartet,
das zeigte Abnehmziele, die man erwartet!

Kinderaufklärung einst und heute

Kürzlich ging ich – ein 84jähriger - hinter einer Gruppe Mädchen und Jungen her, die ungefähr 9 bis 10 Jahre alt waren. Ich musste ihre Gespräche mit anhören, denn sie unterhielten sich sehr laut und ungestüm. Es ging um Fernsehszenen, in denen die Kinder Geschlechtsverkehr mit angesehen hatten – die Worte, die sie hierfür benutzten, traue ich mir gar nicht auszusprechen. Ein Junge sagte sogar: „Ich habe auch schon einmal eine umgelegt." Bestimmt hatte er nur angegeben, aber die anderen fanden das gar nicht ungewöhnlich und prahlten auch mit Erfahrungen.

Unwillkürlich musste ich dabei an meine Kindheit in den 1930er Jahren denken und ich verglich das, was wir damals über das Thema wussten mit dem, über das sich heute Kinder in der Öffentlichkeit unterhalten. Sie stört es nicht einmal wenn ein Erwachsener in der Nähe ist. Freilich war in jener Zeit die Kindererziehung auf sexuellem Gebiet sehr verklemmt. Auch wir prahlten aber auf der Straße im Kreis der Spielgefährten mit unserem unvollständigen Wissen und benutzten unanständige, jedoch nicht solch drastische Worte, wie heute. Der erste große Unterschied war aber, dass dieser Meinungsaustausch von uns Jungen zu diesem Thema nur getrennt von Mädchen und nie bei Anwesenheit Erwachsener stattfand. Später erfuhr ich, dass auch bei Gesprächen in Mädchengruppen die Themen „Kinderkriegen", „Wie entstehen Babys"? „welche Unterschiede gibt es zwischen Mann und Frau"? und ähnliche eine Rolle spielten.

Auf alle Fälle verhindern sowohl unsere damalige fehlende Aufklärung als auch die heutigen Bemühungen, umfassend aufzuklären, nicht, dass die sexuellen Themen besonders bei Kindern und Jugendlichen oft in den Schmutz gezogen werden. In vielen Schulen wurde erfreulicher Weise Sexualunterricht eingeführt, auch der scheint aber auf diesem Gebiet nicht zu den gewünschten Durchbruch zu führen. Wahrscheinlich bedarf aber auch der Umgang der älteren Generation mit diesen Themen in der Vorbildwirkung oft einer anständigeren Art und Weise. Pornographie zu verbieten scheint mir ungünstiger, als sie für eine achtbare Aufklärung zu nutzen. Allerdings ist ein härteres Vorgehen gegen Kinderpornographie geboten.

Retrospektiv scheint es mir nicht richtig gewesen zu sein, dass ich schon 13 Jahre alt war, als mir meine Großmutter zum ersten Mal sagte, die Kinder würden doch nicht vom Klapperstorch gebracht, sondern die Geburt ginge ähnlich wie bei Tieren von statten. Außerdem erklärte sie mir mit großen Umschweifen, dass die Fortpflanzung der Menschen etwas Wichtiges sei, ohne jedoch auf den Geschlechtsverkehr einzugehen. Auf alle Fälle wurde ich aber ab diesem Zeitpunkt nicht mehr grundsätzlich aus dem Zimmer geschickt, wenn solche Themen zur Sprache kamen. Und trotzdem war ich mir damals nicht ganz sicher, ob ein Mädchen nicht schon ein Kind bekommen kann, wenn man es küsst.

Freilich hatte auch ich mir das Wissen zu diesen Problemen schon selbständig besorgt, ohne dieses jedoch bei meinem ersten Aufklärungsgespräch einzugestehen. Eine passende Lektüre hierfür waren die „Doktorbücher", die im Kleiderschrank der Eltern versteckt waren. Dort drin interessierten mich die Abbildungen von Mann und Frau, denn ich hatte bis zu meinem 13. Lebensjahr noch keine Frau nackt gesehen. In damaliger Zeit zeigten sich Erwachsene nie entkleidet vor Kindern. Baden und Körperwäsche erledigten meine Eltern und Großeltern auch bei uns zu Hause grundsätzlich getrennt von uns Kindern. Viele Familien besaßen keine Waschküche und badeten deshalb in einem Wohnraum. Gesonderte Korridore für einzelne Wohnungen gab es damals auf dem Lande kaum. Durch den Hausflur erreichte man sofort die Zimmertüren. An ein damaliges Erlebnis denke ich noch heute. Ich sollte bei Bekannten etwas abholen, die Eingangstür zu ihrer Wohnküche befand sich direkt im Treppenflur. Pflichtgemäß klopfte ich an. Die Leute hatten vergessen die Tür abzuschließen und sagten automatisch: „Herein". Ich trat ein und sah das Ehepaar nackt in der Zinkbadewanne stehen. Ich bekam einen sehr großen Schreck und rannte davon.

Noch größer war mein kindliches Erschrecken, als ich im Wald ein nacktes Paar aufspürte. Ich nutzte als Schulkind jede Gelegenheit Nachbars Hund Senta –

eine Dogge - auszuführen. In der Regel hielt ich mich daran, das Tier immer an der Leine zu führen. Warum ich bei einem Spaziergang im Hochsommer Senta frei ließ, weiß ich nicht mehr. Kaum hatte ich den Hund los gemacht, sauste er auch schon davon. Ich hörte Senta ganz aggressiv bellen, ich wusste sofort, sie hatte etwas Feindliches entdeckt und gestellt. Dort angekommen sah ich etwas sehr Schreckliches: Auf einer kleinen Lichtung standen zwei nackte Menschen – Mann und Frau – ängstlich vor dem Hund, der auf dem Sprung war zuzubeißen, wenn sie versuchten sich zu entfernen. Nun standen ein einflussreicher Mann und eine junge Frau aus unserem Ort, die ich kannte, im Adamskostüm vor mir! Der Herr brüllte: „Nimm sofort den Köter an die Leine und verschwinde, wir werden uns noch sprechen, warum du in meinem Wald herumstreichst und das Wild aufscheuchst!" Um seinen Befehl auszuführen musste ich zunächst näher heran und konnte dabei aber die Augen nicht verschließen, weil ich sonst am Halsband die Öse nicht gefunden hätte. Ich sah erstmals ganz deutlich in natura den Unterschied zwischen Mann und Frau. In meiner Naivität verstand ich nicht, warum sich die beiden gänzlich ausgezogen im Wald versteckt hatten. Er behauptete nämlich, sie hätten sich am nahen Fischteich zufällig getroffen, um dort zu baden, sie wollten sich nun etwas ausruhen und die Abendsonne noch nutzen. Er drohte mir die härtesten

Strafen an, wenn ich von dieser Begegnung jemanden etwas erzählen würde.

Auch in der Hitlerjugend und im Jungvolk gab es damals eine strikte Trennung zwischen Mädchen und Jungen im Dienst und bei Zeltlagern. So erfolgte hier und auch in der Schule keinerlei Aufklärung über Sexualität. Vieles, was man von Gleichaltrigen auf der Straße erfuhr, entbehrte größtenteils der Realität und war meistens „unanständig".

Schwindel mit Zeugnisnoten

Mit einem großen Mund
tut so mancher kund,
dass er stets und immerdar
ein sehr guter Schüler war.

Die Zeugnisse mit den Noten
liegen aber versteckt auf dem Boden,
weil sie absolut nicht taugen
für sehr kritische Kinderaugen.

Denn Vater und Mutter behaupten,
so dass auch die Kinder es glaubten:
Sie hatten nicht einmal Dreien,
sondern stets nur Einsen und Zweien.

An eines Schuljahresende
kam dann eine große Wende,
eine schlimme Schreckensbotschaft:
Sohn hat die Versetzung nicht geschafft!

Der Bestrafte jedoch zieht sich zurück
und erlebt ein befreiendes Glück:
Als er die Zeugnisse der Eltern findet,
jäh das erlogene Vorbild schwindet.

Kinder waschen sich nicht gern

Als Kind, damit bin ich nicht alleine,
gefiel mir das Leben der Schweine.
Warum, ich will es jetzt ehrlich sagen,
mit Waschen hatten die sich nicht zu plagen.

Durch tiefe schlammige Pfützen
durften Schweine ungestraft flitzen,
das waren für Tiere freie Welten
und ihre Mütter hörte man nie schelten.

„Du bist schmutzig", oh wie schaurig,
diese Worte machten mich stets traurig;
sie verkündeten, es gibt keine Gnade,
die gründliche Körperwäsche nahte.

Mit meinem kindlichen Verstehen
fiel es mir schwer immer einzusehen,
dass saubres Wasser auf dieser Welt
stets wichtig ist und wertvoller als Geld.

Darum, jetzt als erwachsener alter Mann
ich es gar nicht mehr verstehen kann,
warum will man als Kind sich meist drücken?
Duschen und baden bereitet doch Entzücken!

Taschentuch, Anstandssymbol

(Es war vor 80 Jahren)
Meine Oma wollte es erzwingen
mir gutes Benehmen beizubringen.
Sie sagte: „Willst du kein Flegel sein,
dann halt die Anstandsregeln ein!"

„Hast du ein saubres Taschentuch?"
Diese Frage war für mich ein Fluch,
die ich als kleiner Junge hörte
und die mich immer wieder störte.

„Ja", rief ich, es stimmte selten,
denn in gänzlich anderen Welten
war ich meist mit den Gedanken,
die sich nicht um Anstand rankten.

Ich beneidete jene Spielgefährten,
die sich nicht um solches scherten.
Ihnen war das Schnupftuch fremd,
zum Naseputzen nutzten sie das Hemd.

Mein Freund hat selten oder nicht
mit einem Tuch die Nase abgewischt;
sondern meistens indiskret
laut hochgezogen das Sekret.

Eine Dame fragte ihn sehr nett,
ob er denn kein Schnupftuch hätt´?
Er sagt: „Sie haben sehr viel Glück!"
Gibt es ihr, erbittet es jedoch zurück.

Und die Moral von diesen Reimen:
Sollte dir die Nase schleimen,
solltest du zum richtigen Putzen
dein eignes Taschentuch benutzen!

Ich wollte schnell erwachsen werden

„Der Junge ist noch nicht einmal 4 Jahre alt und schon traktiert er uns ständig mit der Frage nach dem Warum", meinten meine Eltern und Großeltern. Ich mochte auch in den folgenden Jahren einfach nicht begreifen, dass die Erwachsenen dauernd sagten: "Das verstehst du noch nicht, dafür bist du noch zu klein". In jener Zeit, Mitte des vorigen Jahrhunderts, wurden wir so genannten Kleinen von der Welt der Erwachsenen meistens fern gehalten. Heutzutage lassen jedoch viele Eltern ihre Kinder an Aussprachen auch über kritische Themen teilnehmen.
Schnell wollte ich damals groß und älter werden, um auch mitreden und mitbestimmen zu können. Als ich mein Alter angeben konnte, dichtete ich gern ein oder zwei Jahre hinzu. Das bereitete mir oft Probleme; ich war 5 Jahre und sagte z.B. stolz: „Ich bin schon 7 Jahre alt!" Die Bekannten, die mich gefragt hatten, stellten fest: „Ach, da gehst du ja schon zur Schule?" Jetzt hatte ich die Wahl zu lügen oder offen zu bekennen, dass ich dieses gern wollte aber doch noch zu jung sei. In der Regel siegte mein Ehrlichkeitsgefühl, denn meine Großmutter hatte mir durch viele Beispiele bewiesen: „Lügen haben kurze Beine und es ist nichts so fein gesponnen, es kommt doch an das Licht der Sonnen." Trotzdem fragte ich oft: „Warum dürfen Erwachsene manchmal die Unwahrheit sagen aber ich

soll immer ehrlich sein?" Darauf erhielt ich nie eine schlüssige Antwort.

Mahnend betone ich deshalb jetzt im hohen Alter: „Als Kind, aber vor allem im Alter über 60 Jahre, wenn das Kurzzeitgedächtnis nachlässt, sollte man grundsätzlich nicht lügen. Die Unwahrheit wird dann schnell aufgedeckt, weil man leicht vergisst, wem, was, wie und wo man etwas erzählt hat, das nicht der Wahrheit entsprach."

Mit Fabeleien, die vielleicht sogar mit Lügen identisch waren, hatte ich während meiner Kindheit oft Probleme. Bisweilen besuchte ich Verwandte im Nachbarort und ging abends, wenn es schon dunkelte, durch einen Wald nach hause. Sehr plastisch erzählte ich dann über Begegnungen mit Wildschweinen, die ich mit einem Stock tapfer abwehrte, oder Landstreichern, vor denen ich mich durch schnelle Flucht in Sicherheit bringen konnte. Meine Großeltern hörten mir geduldig zu und sagten: „Du hast eine reiche Phantasie." Darüber ärgerte ich mich, ich dachte sie meinten damit, ich würde lügen. In Wirklichkeit wollte ich mit meinen Prahlereien meine Angst überdecken. Im Allgemeinen sollten wir Kinder auch davon abgehalten werden im Dunklen noch außer Haus zu gehen. Die Erwachsenen erzählten, dass dann der „Nachtbock" kommt und vor allem kleine Kinder mitnimmt. Vor diesem gespenstischen Wesen, das nie jemand gesehen hatte oder genau beschreiben konnte, fürchtete ich mich. Ich stellte es mir als einen großen

Ziegenbock mit gewaltigen Hörnern vor, der auf seinem Rücken einen Sack trägt, in dem schreiende Kinder fortgeschafft werden. Wohin, erfuhr ich nie; angeblich sollte es die Hölle sein, von der ich ohnehin sehr schreckliche Vorstellungen hatte. Ich malte mir Bilder von einem ständig lodernden Feuer, in dem sich große und kleine Teufel und winselnde Geschöpfe bewegen, aus. Da nur schlechte und böse Menschen dorthin kommen, fragte ich doch sehr häufig, ob ich auch brav genug gewesen sei, um in den Himmel zu kommen. War ich unartig, dann genügte oft eine Erinnerung an das Höllenreich und ich gelobte Besserung. Vom Himmelreich erzählten meine Großeltern nur Schönes; in diesem Paradies wollte auch ich gern später einmal leben. Was war aber das `Später´, hing das mit dem Tod zusammen? Der Gedanke daran war mir wiederum unheimlich. Ich betete, dass niemand von meinen Angehörigen sterben sollte, selbst wenn sie Aussicht hatten in den Himmel zu kommen. In recht eigentümlicher Weise befragte ich hierzu mein persönliches Orakel: Wenn z. B. unsere Katze mindestens 6 lebende Junge bekommt, dann stirbt im nächsten Jahr niemand von unseren Verwandten. Wurden allerdings nur fünf geboren, dann versuchte ich mich selbst zu beschummeln und meinte, bei einem nächsten Wurf könnte sie vielleicht gar sieben kleine Kätzchen zur Welt bringen. Meistens ging meine Rechnung auch auf. Tatsächlich starb bis zu meinem 14. Lebensjahr niemand aus unserer großen

Familie. Ich selbst war Einzelkind, hatte aber Großeltern, 12 Onkel und Tanten und mehrere Cousins und Cousinen.

An meiner Furcht vor dem Tod hatte besonders mein Großvater eine gewisse Schuld. Er erzählte mir über Tote einige schauerliche Episoden. Letztlich führte das auch dazu, dass ich mich weigerte selbst am helllichten Tag über den Friedhof zu gehen. Wenn mich meine Oma zur Grabpflege mitnehmen wollte, hatte ich immer eine Ausrede parat, gab jedoch meine Ängstlichkeit nicht zu. Mein Opa glaubte zwar, mit diesen Geschichten mir meine Angst zu nehmen, er erreichte aber teilweise das Gegenteil. Beim Zuhören war ich meistens noch weit vom Erwachsensein entfernt. Ich kuschelte mich ganz fest in die Sofaecke und zog die Beine an, weil ich sicher gehen wollte, dass mich keine bösen Geister berühren konnten. Mein Großvater erzählte: „Ich war noch ein junger Mann und ging zusammen mit Freunden in stockdunkler, regnerischer Nacht am Friedhofsgebäude, wo die Särge vor der Beerdigung standen, vorbei. Im Innenraum brannten wahrscheinlich Kerzen, denn aus den Fenstern drang ein schwaches gespenstisches Licht. Wir vernahmen den ständig sich wiederholenden Spruch: `Das ist mein, das ist dein, das ist jenen´. Wir vermuteten, dass dort drinnen längst Verstorbene ihre Knochen sortierten." Aufgeregt unterbrach ich die Erzählung meines Opas und wollte meine Weisheit anbringen: „Wahrscheinlich hattet ihr Recht. Bei

Schachtarbeiten für den Heizungseinbau in unsere Kirche wurden erst kürzlich menschliche Knochen aus vergangenen Zeiten gefunden, die nicht mehr vollständig einzelnen Menschen zugeordnet werden konnten. Meine Freunde und ich haben diese Gebeine gesehen und in der Kinderstunde unseren Pfarrer gefragt, was damit geschieht. Er erklärte uns, dass man solche Funde schon immer auf dem Friedhof in ein gemeinsames Grab verbrachte. Abends allein vor dem Einschlafen mache ich mir deshalb manchmal Gedanken darüber, was das wohl für Menschen waren, von denen nun die Knochen so herumlagen. Wahrscheinlich waren es tatsächlich Tote in der Leichenhalle, deren Stimmen ihr gehört habt!" „Du wirst über den Ausgang meiner Geschichte staunen", erwidert mein Großvater: „Ich und meine Freunde nahmen allen Mut zusammen und schauten durch die Fenster in den Raum des Leichenhauses. Dort sahen wir im Kreis 3 Landstreicher auf dem Fußboden sitzen, die ihre erbettelten Pfennige aufteilten. Du siehst, alles hat eine natürliche Ursache." Trotzdem blieb mir das ganze fragwürdig, zumal er mit weiteren Geschichten nachlegte: „Der angesehne Bürgermeister unserer Kleinstadt war gestorben und in einem Raum in der Kirche aufgebahrt. Die Oberen der Stadt mussten abwechselnd Totenwache halten. Um Mitternacht war der Feuerwehrhauptmann an der Reihe. Er wusste sich allein und glaubte, dass ihn um diese Zeit wohl auch niemand stören würde. Auf einem Stuhl machte er es sich bequem und verspeiste genüsslich sein mitgebrachtes Abendbrot. Da ertönte eine gehauchte Stimme, die aus dem Sarg zu kommen schien: „Wenn man Totenwache hält, isst man nicht!" Na gut, er packt sein Brot wieder ein. Aber den Durst, den muss er stillen, er führt die mitgebrachte Bierflasche zum Mund. Da ertönt die Stimme mahnender: „Wenn man Totenwache hält, trinkt man nicht!" Der Feuerwehrobere war ein mutigen Mann und er antwortet im barschen Ton: „Wenn man tot ist, dann hält man den Mund!" Es stellt sich heraus, dass sich ein Bekannter im Raum versteckt und mit verstellter Stimme gesprochen hatte. Nach dieser und vor allem einer weiteren Erzählung meines Opas nahm ich mir vor, immer auf alles mutig zu zugehen. Er berichtete, dass auch er einmal sehr viel Angst ausgestanden hatte. Als junger Bursche war er auf Wanderschaft. Er hatte sich gegen Abend verspätetet und nahm deshalb einen kürzeren Weg, der an einem abgelegenen Friedhof vorbeiführte. Es war inzwischen dunkel geworden, das Mondlicht drang hin und wieder durch die Wolken, es wehte außerdem ein leichter Wind. In der Nähe des Gottesackers sah er plötzlich einen weißen Fleck auf der Erde, der immer vor ihm herwanderte. Er dachte, die Umrisse eines Gespenstes zu erkennen. Es half alles nichts, er musste der Erscheinung nachgehen, denn er wollte noch die Herberge im nächsten Ort vor deren Schließung erreichen. Kurz entschlossen nahm er allen Mut zusammen und rannte auf die Spukgestalt zu.

Da stellte sich heraus, dass ein Stück weißes Papier, vom Mond beschienen und vom Wind aufgewirbelt, vor ihm hertanzte.

Ein Indiz dafür, dass es kaum einen Grund zum Fürchten gibt, vernahm ich durch Geschichten, die meine Großmutter erzählte. Weil ich Gespenstern immer nur Schlechtes zutraute, wollte sie mir beweisen, dass es sogar mehr gute als böse und gefährliche Geister gibt. Viel wusste sie dabei von Begebenheiten während der so genannten Unternächte zu berichten. Das sind die 12 Nächte zwischen dem ersten Weihnachtsfeiertag und dem 6. Januar, dem Dreikönigstag. Ich glaubte fest daran, dass meine Träume als Voraussage für die einzelnen Monate des kommenden Jahres in Erfüllung gehen. Dabei mogelte ich manchmal sogar etwas, in dem ich versuchte, schlimme Träume zu verdrängen. Insgesamt war es jedoch für mich problematisch zu merken, was und vor allem später, in welcher Nacht ich die einzelnen Sachen geträumt hatte. Eine Kontrolle hierüber, ob das geträumte Geschehen im bestimmten Monat auch eintraf, konnte ich deshalb nur schwerlich ausüben.

Erben

Hast Du wenig oder nichts zu vererben
kannst Du in der Regel beruhigter sterben,
ist jedoch ein gewisses Vermögen vorhanden
gibt es oft Zwist zwischen erbenden Verwandten.

Weil er seine habgierigen Nachkommen kennt
bestimmt ein Hochbetagter im Testament,
mein Geldvermögen vermach ich meinen Tieren,
denn nur die trauern, wenn sie mich verlieren.

Der Erblasser stirbt, die Erben prozessieren,
sie wollen das Geld nicht an Tiere verlieren;
der Weg, den sie finden, der ist zu verachten,
weil sie alles Moralische völlig missachten.

Weil es keine klaren Bestimmungen gibt
handeln sie wie es ihnen eben beliebt.
Hund und Katze werden ins Jenseits geschickt,
alle Erben sind weg, ihr Trick ist geglückt.

Regle alles fehlerfrei, so lange du auf Erden,
weil sogar Tote oft noch betrogen werden.

Lebenserfahrungen

Man will selbst entscheiden

Wenn ein Junger auf Beförderung baut,
dabei auf deinen Chefsessel schaut,
dann sage ihm als Alter ganz offen
wann er auf deine Position kann hoffen.

Vergesslichkeit

Eine große Ausnahme ist,
wer im Alter nur wenig vergisst,
aber auch der würde es gern verpassen,
wenn des Todes Hände nach ihm fassen.

Selbständigkeit

Alte sollten nicht schmollen
wenn Junge selbständig sein wollen;
Alter darf seinen Rat nicht aufzwingen,
Jugend erfreut sich am eigenen Gelingen.

Junge und Alte sich gut verstehen
wenn sie kooperativ miteinander umgehen.
Was der Junior bewältigt mit Muskelkraft
der Senior nur noch mit Hilfsmitteln schafft.

Der Letzte

Interessant schon immer waren
erste Klassentreffen nach 25 Jahren,
der einstige Freund wird nicht erkannt
und Elsbeth wird Elfriede genannt.

Einstimmig ist man deshalb sofort bereit
sich alle 5 Jahre zu treffen in der Folgezeit.
Als die über 80jährigen zum Treffen kommen
hat die Teilnehmerzahl stark abgenommen.

Ein 100jähriger sitzt dann in einem Restaurant:
Seine Feier hatte er als Klassentreffen benannt.
Er feiert allein, Trauer stellt sich dabei ein,
ganz schlimm ist im Alter alleine zu sein.

Gleichberechtigung

Ich bin heute 84 Jahre alt und ich erinnere mich, dass in meinen jungen Jahren die häusliche Arbeit und die Kindererziehung vorwiegend die Aufgabe der Frauen war. Dies wird aber bis heute als Tätigkeit eingestuft, die sich nicht mit einer „richtigen Berufstätigkeit" messen kann und sogar manchmal als „Nebentätigkeit" abgetan. Schon vor 75 Jahren hörte ich dazu von meiner Großmutter eine Geschichte aus der ich ableite, dass die damaligen Frauen diese Situation erkannten, aber wahrscheinlich in jener Zeit auch ihr Los nicht ändern wollten. Sie erzählte:

„In einer Familie mit mehreren Kindern beschwerte sich der Mann darüber, dass er immer zur Arbeit gehen und schwer schaffen muss. Die Frau dagegen hätte zu Haus ein leichtes Leben. Sie war deshalb mit einem Tausch einverstanden. Als sie abends nach ihrer Fabrikarbeit nach Hause kam war sie aber stark bestürzt: Die kleinen Kinder schrien, weil sie nicht trockengelegt und hungrig waren; die Kuh gab schmerzende Laute von sich, weil sie nicht gemolken und gefüttert worden war; im Garten war kein Unkraut gejätet; das Essen kochte noch nicht, der Fußboden in der Wohnung war nicht gesäubert usw. usf.. Schon am übernächsten Tag war der Mann mit einem Rücktausch einverstanden."

Im Übrigen erkenne ich nunmehr auch aus dieser Erzählung, dass die Frauen ehemals Stolz darauf waren, welch großen Leistungen in der Haushaltsführung sie auch im Gegensatz zu Männern vollbrachten.

Die ungenügende Wertschätzung der Hausarbeit kommt bis heute auch darin zum Ausdruck, dass diese vorwiegend eine Frauentätigkeit ist und wie fast alle „typischen Frauenarbeiten" nur gering entlohnt werden. Haushaltshilfen sind kein Männerberuf und werden auch schlecht bezahlt.

Freilich hat sich in den letzten Jahrzehnten in der Gleichberechtigung von Männern und Frauen in der deutschen Gesellschaft einiges zum Positiven getan und viele Institutionen erarbeiten hierzu sinnvolle aber auch unsinnige Empfehlungen. In der DDR war von Anfang an die Gleichstellung von Mann und Frau in Gesetzen verankert. Anfang der 1960er Jahre wurde dann vom Zentralkomitee der SED und der Volkskammer ein Gesetz mit der Überschrift beschlossen: „Die Frau der Frieden und der Sozialismus". Schon darin zeigt sich eindeutig welchen Zielen die Frauenförderung in der DDR galt. Ohne Zweifel genossen die Frauen in diesem Staat bis zu dessen Ende zahlreiche Vorteile. Sie sind mannigfaltig veröffentlicht und sollten nicht ohne Beachtung bleiben. Insgesamt war aber vieles darauf gerichtet, dass alle Frauen berufstätig werden sollten.

Alte Waschfrau heute Wäscherin

In der aktuellen Berufsliste für Deutschland sind für „Waschfrau und Plätterin" die Berufsbezeichnungen Wäscherin und Wäschebüglerin zu finden. Schon als Schulkind in den 1930/40er Jahren war ich vom Gedicht „Die alte Waschfrau" von Adelbert von Chamisso stark beeindruckt. Waschfrau war für uns damals eine gängige Berufsbezeichnung. Freilich, die vom Dichter beschriebenen Verhältnisse im 19. Jahrhundert gab es Mitte des 20. Jahrhunderts nicht mehr. Ich hörte aber in jener Zeit von den Hausfrauen der Familien, die sich keine Dienstboten leisten konnten und auch oft mehrere Kinder hatten, die Bemerkung: „Ich bin für unsere große Familie ja nur die Waschfrau." Begüterte Familien leisteten sich Waschfrauen, die in den jeweiligen Haushalten für einen geringen Lohn wuschen und bügelten, oder die Wäsche abholten, in ihren eigenen Waschküchen säuberten und bügelfertig wieder ablieferten.

Diese Frauen und die Hausfrauen in den Familien leisteten beim Wäschewaschen oft Schwerstarbeit. Anstelle der heute bekannten Wannen aus Plaste oder der damals etwas leichteren Zinkwannen gab es zu jener Zeit noch große schwere Wannen aus Holz. Fließendes Wasser gab es nur in wenigen ländlichen Haushalten und auch wir holten bis Ende der 1930er Jahre das Wasser aus einem Brunnen. Ein Rumpelbrett, auch Waschbrett genannt, war sehr wichtig, um alle Schmutzstellen aus der Wäsche zu rumpeln. Die Frauen haben sich dabei manche Finger wund gerieben. Bei „Wikepedia" wird das Waschbrett, das heute nur noch wenige kennen, wie folgt treffend beschrieben: „Es ist normalerweise etwa 30 bis 40 Zentimeter groß. Die Oberfläche ist so gestaltet, dass sich ein regelmäßiges Muster von Erhebungen und Vertiefungen bildet, auf denen das feuchte, zu waschende Kleidungsstück gerieben wird, um die Verschmutzungen zu lösen."

Eine Wringmaschine, die am Wannenrand festgemacht wurde und zumindest das schwere Auswringen per Hand erleichterte, lernte ich erst in den vierziger Jahren kennen. Beim Heben der Wäsche aus dem Kessel und den Wannen sowie beim Transport der schweren Behältnisse haben sich manche Frauen, so hörte ich schon als Kind, gesundheitliche Schäden zugezogen.

Zum Trocknen der Wäsche wurden im Sommer im Garten oder Hof Leinen gespannt. Die Leinen wurden sehr hoch angebracht, damit beim Durchhängen die großen Wäschestücke nicht auf den Boden schleiften. Meine Oma war nur etwa 1,60 m groß und brauchte deshalb zum Wäscheaufhängen die Fußbank. Der Transport der Wäsche erfolgte in Körben aus Weidengeflecht. Meine Oma und Mutter legten das „Bettzeug" im Sommer im Garten auf den Rasen zum Bleichen aus. Nach dem Trocknen aller Wäsche musste diese gelegt und gebügelt werden. Beim Zusammenlegen der Bettbezüge und Laken musste ich als etwa Zehnjähriger beim „Rippeln", wie wir es nannten, helfen. An den Ecken angefasst wurden die Stücke vor dem Zusammenlegen quer und diagonal straff gezogen. Früher wurden die Bügeleisen in der Ofenröhre oder auf der Ofenplatte erhitzt und waren meistens sehr schwer. Nicht vergleichbar mit den heutigen Elektrobügeleisen, die mit vielen Raffinessen ausgestattet sind. Eine Arbeitserleichterung brachten in den 1930er Jahren die selbst in kleineren Städten eingerichteten „Wäschemangeln". Die Hausfrauen legten Wäschestücke akkurat gefaltet auf ein Tuch aus festem Drillichstoff, das auf eine Holzrolle gewickelt wurde. Eingelegt in die Maschine rollten sich unter den schweren Walzen die Tücher auf und zu. Der Ablauf geschah hinter einem Gitter, das sich beim Einschalten automatisch schloss. Die gemangelte Wäsche wurde sorgfältig zusammengelegt.

Durch die zahlreichen Arbeitsgänge dauerte die „große Wäsche" bei uns meistens mehr als 3 Tage, bis alles wieder im Schrank verstaut war.

Nach dem Krieg traten Haushaltswaschmaschinen den Siegeszug an. Die Werbung überschlug sich ab der 1960er Jahre außerdem in der Empfehlung von wirksameren Waschmitteln. Allen bekannt ist bestimmt die „Werbefrau Clementine", die täglich über das Fernsehen in die Wohnungen schaute.

In diesem Zusammenhang kann man behaupten, dass die für die Hausfrauen gewonnenen Erleichterungen beim „Wäschewaschen" deren mögliche Aufnahme von Berufstätigkeit gefördert wurde. Gleichermaßen fand die Gleichberechtigung der Frauen durch diese Arbeitserleichterungen Unterstützung.

Der gesamte Vorgang vom Waschen der schmutzigen Wäsche bis zur getrockneten und gebügelten, schrankfertigen Wäsche ist heute durchgehend mit ausgeklügelten Maschinen durchführbar. Deshalb wechseln auch Kind, Frau und Mann wesentlich öfter die Wäsche als früher; wobei ich mich erinnere, dass über Familien gesprochen wurde deren Mitglieder nur einmal im Monat die Wäsche gewechselt haben sollen. Bei manchen Schulkameraden hat man das auch gerochen und ich kann heute die Lehrer verstehen, die bei diesen Kindern mit Strenge mehr Sauberkeit anmahnten.

Im Übrigen wurden früher kaputte Wäscheteile vielfach per Hand repariert, während heute diese Wäschestücke entsorgt werden, weil die Neuanschaffung auch oft sehr billig ist.

Demenz

Ständig wächst die Anzahl der Alten
einerseits gut aber dazu nicht aufzuhalten,
dass Demenz um sich greift mit großem Leid;
selbst wer das Hirn trainiert ist davor nicht gefeit.

Sollte man bei dir auch Demenz diagnostizieren
brauchst du aber den Lebensmut nicht zu verlieren,
lass die Gedanken nach deinem Wollen wandern
und dich nicht in Trübsal bringen von anderen.

Regle eindeutig, was soll mit dir geschehen,
bevor Deine Gedanken unkontrollierte Wege gehen;
wegen des Eigennutzbestrebens ist zu warnen
vor denen, die dich freundlich umgarnen.

Mit anfangs noch intaktem Menschenverstand
hast du wahrscheinlich die Schmeichler erkannt,
die jetzt schon in den Startlöchern warten,
um deine Pflege nach ihrem Willen zu starten.

Gedanken an Vergangenes, das ist meistens so,
machen dich bei fortgeschrittener Krankheit froh.
Den Pflegenden ist dabei dringend zu empfehlen,
mit Kranken über ihre Vergangenheit zu erzählen.

Nutzt die Zeit, in der lichte Gedanken präsent
und der in Vergessenes Gestürzte euch noch erkennt.

Wundermittel – Knoblauch

Unbestritten ist die gesundheitsfördernde Wirkung von frischem Knoblauch – nur der intensive Geruch schränkt die Anwendungsmöglichkeiten ein. Unbestritten ist aber auch der Wunsch jedes Menschen gesund zu bleiben bzw. bei Krankheiten schnell gesund zu werden. Tatsache ist jedoch auch, dass man als junger Mensch „mit der Gesundheit dem Geld hinterher jagt, das man häufig im Alter für die Gesundheit wieder ausgeben muss!"

Diese Gedanken bewegten uns, als meine Frau und ich in den 1970er Jahren das 40. Lebensjahr überschritten hatten und wir nun neben unserer stressigen Arbeit etwas für die Gesunderhaltung tun wollten. In unserem Bekanntenkreis in einer Bezirksstadt in der DDR war das ein beliebtes Thema. Außerdem erzählten Verwandte, die aus der BRD zu Besuch kamen, viel von allerhand Pillen, die sie als Nahrungsergänzungsmittel kaufen, mit denen man Gesundheitsprophylaxe betreiben könnte. Knoblauchpillen, die es in der DDR nicht gab, gehörten dazu.

Wir waren deshalb unserem Nachbarn dankbar, dass er uns ein Rezept über Knoblauchanwendung übergab, das Elektroingenieure aus Tibet mitgebracht hatten. Sie waren dort auf Auslandsmontage, ein in der DDR besonderes Privileg, das so genannte Auslandkader besaßen, die beruflich im „nichtsozialistischen Ausland" für DDR-Betriebe tätig sein durften.

Dieses altchinesische Rezept war angeblich erst 1972 von einer Kommission der UNESCO gefunden worden, wurde in fast alle Sprachen übersetzt und darin hieß es in der Einleitung wörtlich: „Dieses Rezept löst im Organismus alle Fette und angesetzten Kalk auf, verbessert schnell Metabolismus im Körper und die Adern werden elastischer. Damit beugt man vor: Herzinfarkt, Bluthochdruck .... Der Organismus wird um „16 Jahre" (wahrscheinlich Übersetzungsfehler - sollte 6 heißen) verjüngt."

Wir, einige Bekannte und einige Professoren der „Medizinischen Akademie" waren derart von dem Rezept begeistert, dass sich letztlich ca. 30 Personen beteiligten. Für Herstellung und Anwendung gab es folgende Vorschriften:

350 g frischen Knoblauch schälen, zerdrücken oder mixen und in einen Topf geben, mit

200 g 96%igen Alkohol übergießen.

Topf fest zudecken und an einem kalten finsteren Ort 10 Tage aufbewahren.

Danach alles durch ein festes Stück Stoff (Seihtuch) gießen, drücken.

Nach 2 – 3 Tagen kann die Heilkur beginnen, die Flüssigkeit wird mit 5 g Milch nach Vorschrift (Auszug Tabelle) - eingenommen:

Tag	Früh	Mittag	abends - Tropfen
1.	1	2	3
2.	4	5	6
3.	7	8	9

gesteigert bis zum 12. Tag auf 25 Tropfen, die dann 3 x täglich bis zum Verbrauch der gesamten Flüssigkeit eingenommen werden.

Die Kur darf erst nach 5 Jahren wiederholt werden.

Die größten Schwierigkeiten bereitete mir die Beschaffung des 96 %igen Alkohols. Ich tauschte hierfür bei meiner Sekretärin, die Geld von Verwandten aus der BRD in einem Paket erhalten hatte, 10.- DM gegen 80.- Mark der DDR. Mit dem Westgeld kaufte ich im Intershop den Sprit. Eine verbotene Handlung, aber für die Gesundheit ging man halt auch ein Risiko ein. Noch heute bewundern wir die Kulanz unserer Hausmitbewohner, die damals während der Herstellung unserer Mixtur den Knoblauchgeruch im gesamten Haus mit ertrugen. Wir warteten dann alle auf das „Jüngerwerden", das generell ausblieb, sich aber einige sogar einbildeten. Die Wissenschaftler meinten damals, dass eine Studie notwendig wäre, um die Kur zu überprüfen. Wir haben die Kur nicht wiederholt.

Humor

Allgemein stellt man sich vor
Humor sei immer gleich Humor,
verrückte, paradoxe, irreale Sachen
brächten alle Menschen zum Lachen.
Festgestellt habe ich aber seither
mit gutem Witz ist´s nicht weit her,
wenn man nur mit Obszönem brilliert
und dabei alles Geistreiche verliert.

Was wir Alten noch unter lustig verstehen
wird heut´ von Jungen ganz anders gesehen.
So gibt es eben auch in der jeweiligen Zeit
Unterschiedliches in Humor und Heiterkeit.

Im Alter lassen Kraft und Sinne nach

Alte Menschen betrübt es oft gar sehr,
schnelles Handeln funktioniert nicht mehr.
Man spürt, Junge werden dann ungeduldig
und du fühlst dich oftmals sogar schuldig.
Dir ist es aber leid, immer wieder zu erklären,
dass schwindende Kräfte schuld daran wären.
Im Alter, das müssten jedoch alle akzeptieren,
Körper und Geist an Leistung verlieren.
Mit „Ersatzteilen" ist aber heute zu erreichen,
viele Unzulänglichkeiten auszugleichen.

Um mich ist häufig eine große Stille.
Lesen fällt schwer, selbst mit der Brille.
Bei HNO und Augenarzt erfahre ich dann,
dass ich schlechter hören und sehen kann.
Riechen, schmecken und tasten waren
auch besser in meinen jungen Jahren.
Weil ich jetzt auch oft langsamer denk
sind meine Bewegungen meist ungelenk.
Ja, im Alter können wir mit unseren 5 Sinnen
bekanntlich keine Rekorde mehr gewinnen.

Mit dem 6. Sinn angeblich mancher entdeckt,
was hinter unsichtbaren Geheimnissen steckt.
Wer diese besonderen Fähigkeiten aufweist,
Hellseher und vielleicht Hexenmeister heißt.
Ich selbst führe aber ein normales Leben,
denn mir sind diese Kräfte nicht gegeben.
Obwohl, das sage ich auch ganz ehrlich
ist für mich Aberglaube nicht entbehrlich.
Ich bin jedoch einigermaßen gesund und glücklich,
denn mit Gesundheitshilfen ist das Leben noch er-
quicklich.

Altwerden

Das Gesicht zeigt es meist an,
ob man jemandem zugetan.
Arbeitest du leicht oder schwer,
das geben deine Hände her.
Man erkennt aber nur schwerlich:
Lügt einer oder ist er ehrlich?

Hautfalten reichen denen zu Ehren,
die sich nicht gegen Altwerden wehren.
Man kann nach einem natürlichen Leben
sein Alter mit Stolz bekannt auch geben.
Wer stets zu ehrlichem Bekennen bereit
erlangt dazu Glück und Zufriedenheit.

Alte wollen es häufig nicht fassen,
dass sich Junge nicht belehren lassen.
Die Jungen aber auch nicht bedenken:
Alte lassen sich nicht gern lenken.
Als aber Alte einst jung auch waren
gestehen sie ein, ihr gleiches Gebaren.

Selbstbetrug

Willst du im Alter ohne Falten sein,
dann schau nie in einen Spiegel rein.

Geburtstag

Ab etwa 65 denkst du zu allen Geburtstagen:
Keiner kann mir mit heutigem Wissen sagen,
wann ist es auch mit meinem Leben Schluss,
reicht es, da ich so vieles noch schaffen muss?

So ist ab beginnender Rentenzeit für die Alten
Glücksgefühl über Geburtstage eher verhalten.
Anders in Kindheit, Jugend und Lebensmitten,
zu Geburtstagen hört man hier ungleiche Bitten:

Am 4. Geburtstag wünscht man sich oft bloß:
Wäre ich doch schon bald Schulkind und groß.
Selbständig will man in vielem schon sein,
aufsässig gebraucht man das Wörtchen „nein".

Nach dem 6. oder 7. Geburtstag ist es so weit:
Es beginnt die herbeigesehnte Schülerzeit.
Und bist du mit 10 Jahren dann Gymnasiast
denkst du, dass du Großes erreicht schon hast.

Folgende Geburtstage überschattet die Pubertät.
Willst es wissen, meinst, sonst wird es zu spät!
Zu Geburtstagsfeiern wird sich nun nicht geziert,
feste Freundin oder Freund werden präsentiert.

Geburtstage in allen, besonders in ersten Ehejahren,
für manche schon unterschiedlich ausgefallen waren.
Freude, wenn der Ehepartner Passendes geschenkt,
Enttäuschung, wenn er an diesen Tag nicht denkt.

Ab 50. Geburtstag einige in den Spiegel gucken,
erste Falten sind normal, die können kaum jucken.
Ängstliche Fragen: Wie werde ich mit 90 aussehen?
Wie wird mein Leben im Alter nunmehr weitergehen?

Beim Feiern aller Geburtstage, besonders den runden,
haben so manche Jubilare häufig schon empfunden:
Würden die vielen guten Wünsche alle wahr werden
hätte man ein fast unbegrenztes Dasein auf Erden!

Dies schrieb einer, der schon 84 Mal Geburtstag hatte,
an diese gern denkt und noch bleiben will auf der
Matte.

Aktuelles

Im 2. Weltkrieg, den ich erlebte,
erfuhr ich wie die Erde weltweit bebte,
die Menschen flüchteten ringsumher
aus ihrer Heimat ohne Wiederkehr.

Nun treibt es wieder Menschen fort
von ihrem gefährdeten Heimatort,
weil man unbelehrt und unberührt
Krieg an vielen Orten wieder führt.

Das Fluchtdrama, das herauf beschworen
klingt erinnernd in der Alten Ohren,
als 1945 Restdeutschland in großer Not
Flüchtlingen auch eine Aufnahme bot.

Ich kann es fast nicht mehr ertragen
wenn die Kriegsparteien alle sagen:
„Die anderen sind schuld am Geschehen"
und dabei die eigenen Fehler übersehen.

Alle bekannten Religionen
immer und immer wieder betonen,
im Kern würden sie nur friedlich sein,
aber Andersgläubigen schlagen sie Köpfe ein.

Darum wünschte ich mir ganz aktuell:
Verfeindete macht Schluss ganz schnell,
nirgends gibt es unüberwindbare Hürden,
wenn alle einen Dialog aufnehmen würden;

Das alles gelingt nur dann und ganz
mit einer notwendigen Toleranz;
dazu gehört, nicht mehr nach Macht zu gieren,
dann würde auch niemand das Gesicht verlieren.